The Rowdy, Rowdy Ranch
Allá en El Rancho Grande

By / Por Ethriam Cash Brammer
Illustrations by / Ilustraciones de D. Nina Cruz

PIÑATA BOOKS

Piñata Books
Arte Público Press
Houston, Texas

Publication of *The Rowdy, Rowdy Ranch* is made possible through support from the the City of Houston through The Cultural Arts Council of Houston, Harris County. We are grateful for their support.

La publicación de *Allá en El Rancho Grande* ha sido subvencionada por la ciudad de Houston por medio del Concilio de Artes Culturales de Houston, Condado de Harris. Les agradecemos su apoyo.

Piñata Books are full of surprises!
¡Los libros Piñata están llenos de sorpresas!

Piñata Books
An Imprint of Arte Público Press
University of Houston
452 Cullen Performance Hall
Houston, Texas 77204-2004

Brammer, Ethriam Cash.
   The Rowdy, Rowdy Ranch = Allá en El Rancho Grande / by Ethriam Cash Brammer; with illustrations by D. Nina Cruz.
      p.   cm.
   Summary: On the first visit to El Rancho Grande in Mexico, a Mexican-American boy hears the story of how his grandfather bought it "for a song."
   ISBN 1-55885-409-6
   1. Mexican Americans—Juvenile fiction.   [1. Mexican Americans—Fiction.
2. Grandparents—Fiction. 3. Ranch life—Mexico—Fiction. 4. Mexico—Fiction. 5. Spanish language materials—Bilingual.]   I. Title: Rowdy, Rowdy Ranch.   II. Cruz, D. Nina, ill.
III. Title.
PZ73.B657 2003   2003051781
                                                                            CIP

Printed in Hong Kong

3 4 5 6 7 8 9 0 1 2   0 9 8 7 6 5 4 3 2 1

For Sandra, my saladito sunshine.
—ECB

For Grandma and Grandpa Leaman. Thank you for the fields of corn.
—DNC

Para Sandra, mi media naranja (con saladito).
—ECB

Para mis Abuelos Leaman. Gracias por los campos de maíz.
—DNC

There was excitement in the air. The car was piled high with a rainbow of serapes, sleeping bags and suitcases. But, when I asked Papá where we were going, all he would say was:

"Tito, it's a surprise . . ."

Se sentía alegría en el aire. El coche estaba repleto de un arco iris de sarapes, sacos de dormir y maletas. Pero, cuando le pregunté a Papá a dónde íbamos, sólo me contestó:

—Tito, es una sorpresa . . .

We drove through the countryside and a rush of sunflower wind flapped through my dog's ears. Those fragrant breezes subsided when the car rolled to a stop in front of Grandpa's ranch. That was the first time that I had ever been to El Rancho Grande.

Viajamos a través del campo y un viento con aroma a girasol sacudía las orejas de mi perro. Aquellas brisas fragrantes se calmaron cuando el carro se detenía lentamente enfrente del rancho de Abuelo. Ésa era la primera vez que visitaba El Rancho Grande.

My brothers and I sprung from our seats, and we made a wild dash straight for the towering fields of maize to join our cousins. The canopy of green leaves, golden threads and giant ears of corn were perfect for a game of hide-and-seek.

Mis hermanos y yo saltamos de los asientos del coche y corrimos hacia el maizal crecido para encontrarnos con nuestros primos. La cubierta de hojas verdes, de hilos dorados y elotes gigantescos era el lugar perfecto para jugar a las escondidas.

"I was so tired of traveling from place to place, picking other people's fields."

So, when Grandpa saw that a nearby ranch was for sale, he saved up all his money and sold everything he owned in order to buy some land of his own.

But, when he went to the farmer who was selling the ranch, Abuelo discovered that he did not have enough money.

—Ya estaba cansado de andar pa'quí, pa'llá, cosechando los campos de otras personas.

Cuando Abuelo vio que un rancho cercano estaba a la venta, ahorró todo su dinero y vendió todo lo que tenía para comprar su propio terreno.

Pero, cuando Abuelo llegó a hablar con el dueño del rancho, se dio cuenta de que no tenía suficiente dinero.

"*¡Ay, ay, ay ay!*" Grandpa lifted a cry of sorrow to the sky.

As he began to walk away from the farmer, he started to sing and sing, singing all of the saddest songs he knew.

Grandpa said he was singing so that his heart would not feel so blue. But the music of his tears moved the farmer so much that he called out to him:

"No, no! Wait! Please, come back!"

The farmer lowered the price of the land. That is why Grandpa always says:

"I bought El Rancho Grande for a song!"

—¡Ay, ay, ay ay! —Abuelo dio un grito de tristeza al cielo.

Mientras empezó a alejarse del granjero, comenzó a cantar y cantar, cantando todas las canciones más tristes que sabía.

Abuelo nos explicó que cantaba para que su corazón no se sintiera tan triste. Pero la música de su llanto conmovió tanto al dueño que éste lo llamó:

—¡No, no! ¡Espere, regrese, por favor!

El dueño bajó el precio del terreno. Por eso es que Abuelo siempre dice:

—¡Compré El Rancho Grande por una canción!

But, back then, *how* Grandpa bought the ranch was less interesting to us than *what* we saw once we got there.

We fed the horses, rode on the pigs and washed ourselves off in the duck pond.

Then, we climbed the haystacks, swung from the barn rope and slid down the granary chute on the backs of sunbeams and laughter.

Pero, en ese momento, no nos importó tanto *cómo* Abuelo compró el rancho sino *qué* fue lo que vimos cuando llegamos.

Les dimos de comer a los caballos, nos montamos en los puercos y nos bañamos en la laguna de los patos.

Después trepamos las montañas de heno, nos columpiamos de la cuerda del establo y nos resbalamos por el tubo del granero encima de rayos de sol y risa.

We caught up with Grandma standing in front of her famous chicken tree. There, she told stories, showering our heads with sparkling memories like the sprinkling of seed for the chicks to eat.

Alcanzamos a Abuela, quien estaba parada frente a su famoso árbol gallinero. Allí nos contó cuentos, salpicándonos las cabezas con recuerdos radiantes de la misma manera en que rociaba el grano para que comieran los pollitos.

When we asked her why her chickens were always perched in the tree, Grandma replied:

"It was a cold, dark night, many, many years ago, when a coyote found its way into the coop," she explained. "So the chickens started to cluck and cluck. They flapped their wings and up the tree they went in order to escape the coyote. They built their nests there. So now, when the chickens lay eggs, one by one the eggs roll along the branches, down the trunk, and fall gently onto the grass below."

My brothers and I looked at her very suspiciously.

"What?" she retorted. "Did you think I was going to tell you that chickens grew on trees?"

Cuando le preguntamos por qué sus gallinas siempre estaban encaramadas sobre el árbol, Abuela nos respondió:

—Era una noche fría y oscura, hace muchos, muchos años, un coyote se metió al gallinero —explicó—. Entonces las gallinas empezaron a cacarear y a cacarear. Batieron las alas y subieron al árbol para escaparse del coyote. Allí construyeron sus nidos. Ahora, cada vez que ponen huevos, éstos se resbalan uno por uno por las ramas, deslizándose por el tronco y cayendo suavemente sobre el pasto.

Mis hermanos y yo la miramos con sospecha.

—¿Qué? —dijo—. ¿Acaso pensaban que les iba a decir que las gallinas crecen en los árboles?

Between more jokes and more laughter, Grandma walked us back to the ranch house so that we could help make tamales.

In the kitchen, Mamá and all of my aunts were wrapping tamales, patting tortillas and grinding the ingredients on the *metate* to make the *mole* sauce.

"Yum . . ." I murmured, dipping my finger into the melted chocolate and stealing a taste.

Entre más chistes y más carcajadas, Abuela nos llevó a la hacienda para que ayudáramos a hacer tamales.

En la cocina, Mamá y todas mis tías envolvían tamales, hacían tortillas y molían los ingredientes en el metate para hacer el mole.

—Qué rico . . . —susurré y metí el dedo en el chocolate derretido para robar una probadita.

"Aha," warned Tía Chalía. "*Ay,* Tito, you must have never heard the story of the naughty little boy who always snuck *mole* sauce before dinnertime . . ."

Tía Chalía explained that, on one particular occasion, the boy stole a taste of the best *mole* he ever had. When no one was looking, he ate and he ate, until he filled up on *mole.*

—Ajá —reclamó Tía Chalía—. Ay, Tito, parece que no conoces la historia del niño travieso que siempre sacaba mole a hurtadillas antes de la cena, ¿verdad?

Tía Chalía nos explicó que, en cierta ocasión, el muchacho se robó un poco del mejor mole que había probado. Cuando nadie lo estaba viendo, comió y comió hasta que se llenó de puro mole.

But, once he had finished, the chile began to burn and his stomach began to turn. There was no way to put out the fire or to ease his pain.

"His tummy ache was so bad," Tía Chalía said, "that chocolate tears began to fall from his eyes."

I never snuck *mole* from the kitchen again.

Pero, cuando dejó de comer, el chile comenzó a picarle y el estómago empezó a darle vueltas. No hubo manera de apagarle el fuego ni de quitarle el dolor.

—Su dolor de estómago fue tan grave —dijo Tía Chalía— que lloró lágrimas de chocolate.

Jamás volví a robar mole de la cocina.

That night, there was a feast like no other.

After eating, Grandpa, Papá and a few of my uncles joined together to play their instruments while everyone else sang and danced.

Our family members grew closer and closer to each other, savoring the roasted barbecue and spicy *ranchera* songs.

Esa noche hubo una fiesta como ninguna otra.

Después de la cena, Abuelo, Papá y algunos de mis tíos se juntaron a tocar sus instrumentos mientras los demás cantábamos y bailábamos.

Nuestros familiares se unieron más y más, saboreando la carne asada y las picosas canciones rancheras.

Finally, when it was time to go to bed, we slept outside, next to the fire.

A blanket of stars sparkled before my eyes like the stories I had heard that day. Those stories would wrap me up like an enchanted serape to keep me warm for the rest of my life.

Finalmente, cuando llegó la hora de dormir, nos acostamos afuera alrededor de la fogata.

Un manto de estrellas brilló ante mis ojos tal como los cuentos que había escuchado durante el día. Esos cuentos me envolverían como un sarape encantado, que me abrigaría por el resto de mi vida.

Ethriam Cash Brammer holds an MFA in Creative Writing from San Francisco State University. A widely published Chicano poet, screenwriter and writer of fiction, he is the author of *My Tata's Guitar / La guitarra de Tata.* Brammer translated *The Adventures of Don Chipote, or When Parrots Breast-feed* and *Lucas Guevara.*

Ethriam Cash Brammer tiene una maestría en Creación Literaria de la universidad San Francisco State. Sus poesías se han publicado extensamente. Es dramaturgo y escritor de ficción. Escribió *My Tata's Guitar / La guitarra de Tata* y tradujo *The Adventures of Don Chipote, or When Parrots Breast-feed* y *Lucas Guevara.*

D. Nina Cruz grew up in many places. Along with her sister and two brothers, childhood was an adventure. As a young girl you could always find her daydreaming or drawing—a combination that has naturally led her to illustrate children's books. Her paintings carry within them places she has visited and colors that reflect her Latino culture. If you think you have spotted Nina in a room, there is one sure way to tell: she would be the only adult checking for hidden levers to secret underground passages. Nina enjoys living in New Jersey and spending time with her eleven nieces and nephews.

D. Nina Cruz se crió en distintos lugares. Con su hermana y dos hermanos su niñez fue una aventura. Cuando niña se encontraba siempre soñando y dibujando — una combinación que naturalmente la ha llevado a ilustrar libros para niños. En sus obras se encuentran lugares en donde ha estado y colores que reflejan su cultura latina. Si crees que has visto a Nina, hay una forma segura de saberlo: ella es la única adulta en busca de palancas escondidas que te llevan a pasadizos secretos. Nina disfruta viviendo en New Jersey y jugando con sus once sobrinos.